L'ART DE SONGER,

POÈME MYSTIQUE

PAR

C. A. BREYNAT.

Prix : **75** centimes.

PARIS,

MOQUET, LIBRAIRE-ÉDITEUR,

RUE DE LA HARPE, 92.

1852

L'ART

DE SONGER.

L'ART
DE SONGER,

PAR

C. A. BREYNAT.

PARIS.

MOQUET, LIBRAIRE-ÉDITEUR,

RUE DE LA HARPE, 92.

1852

LE SOIR.

LE SOIR.

Anges! résolvons-nous, comme elle a tant de transe,
Sur l'âme bas cloîtrée, en rayons d'espérance,
Puisque nous le pouvons, puisque espérer c'est voir,
Puisque c'est voie à l'âme et nous la fait ravoir...

Non, ce n'est point en vain que l'âme fut munie,

Et l'on n'est pas voyant pour que l'on se renie.
Or, malgré les docteurs qui dorment ténébreux,
Du songe, avant-regard, les rapports sont nombreux.
Certes, l'âme n'est pas pour qu'elle flotte et change
Au gré des visions que le sommeil arrange;
Mais quand la raison même irait se fourvoyer,
Un signe précurseur peut du ciel obvier.
Socrate avait ses voix, ce sage entre les sages;
Serait-il si divin s'il n'eût eu des présages?
Le martyre eût-il bien trouvé prêt son esprit
S'il n'eut eu clair d'en haut pour être l'avant-Christ?
De la coupe au calice il vit la perspective ;
L'âme est donc conseillée et délibérative.
Reconnaissez l'avis d'où le salut dépend
A certain trait divin qui pénètre en frappant.
De l'avis de chacun, mon soin chevaleresque,
On me l'impute, entends-je, à vitupère presque,
Je tiens bon, croyant mieux mon avis que le leur,
Et j'ai, six mois après, un bruit de leur malheur.

Oui, pendant nos torpeurs, l'esprit qui fait vigile
S'essaie à s'isoler de l'organe fragile ;
Oui, l'âme, bien qu'ici bornée, a, je le sens,
Le tact céleste encore, elle a de divins sens.

Il en est, j'en conviens, dont la crasse ânerie
Cherche à tout bout de rêve un terme en loterie.
C'est nous qui flagellons ces esprits entichés ;
Ceux-là sont nôtres seuls qui montent détachés.
Eh ! quoi ! vous êtes ladre et seriez somnambule !
Mais savez-vous comment l'eau s'élance en globule !
Or, prendre pour rayon ce qui darde d'en bas,
C'est s'abymer du sein des célestes ébats ;
Et là, jusqu'à la mort qui nous trie et secoue,
L'âme, goutte de vie, est vouée à la boue.

Vous donc qui nous lisez pour être défrayés,
Ne tournez pas feuillet, car vous vous fourvoyez.
Notre fortune à nous se nomme gain de cause.
Etes-vous militant, méditez notre glose.
Faites plutôt revivre, avec moins de relief,
L'instinctive fierté des songes de Joseph.

A ses frères jaloux, dans sa naïve audace,
Il en fit ce tableau qu'il faut que je retrace.
Ecoutez, leur dit-il, mon songe de la nuit :
Je voyais les moissons et tout ce qui s'ensuit ;
Voilà que tout à coup ma gerbe entre vos gerbes
Se dresse et fait poser celles-ci moins superbes.
Bon ! fit Jacob, l'enfant ne manque pas de sel.
Il l'aimait entre tous, car il l'eut de Rachel.
A quelque temps de là, ce fut une autre histoire :
Onze étoiles du ciel, et pour comble de gloire,
Le soleil à l'envi, la lune également
Sont venus l'adorer comme un avénement.
Celui-là, dit le père, est trop fort ; puis il tance,
Pour l'avoir pu songer, l'enfant sur sa jactance.
Il grondait pour calmer les frères envieux ;
Mais de ce songe au fond Jacob augurait mieux.

　　Ainsi, zélée au ciel, dont sa perle relève,
La vie en un clin d'œil s'embrasse dans un rêve.
Vous donc qui voulez voir, vivez ingénûment
Pour monter plus limpide en un rayonnement.

D'autant plus familiers, s'ils font sollicitude,
Les songes nous seront d'une facile étude.
Connaissez-vous d'abord, vous y serez lettré.
Ils n'ont proprement pas d'attribut attitré,
Et tout livre est malsain qui donne de ces leurres.
N'allez donc pas chercher midi vers quatorze heures.
Joseph en sut tirer un utile décret :
Il les prit de droit sens, c'est là tout le secret.

Suivant qu'on est empreint d'un certain caractère,
On songe à l'avenant, sublime ou terre-à-terre.
Jamais un maltotier, un homme-lige, un fat
N'accoucheront d'un songe apte à sauver l'Etat.
Certes, pour contenir un peuple dans sa conque,
Il faut bien procéder d'une grandeur quelconque :
D'un pâtre, car le ciel le visite à foison ;
A défaut de Jacob, au moins de Pharaon.

N'exagérant ni vous, ni votre hiéroglyphe,
Soyez donc ravisé la nuit comme un kalife.
Le songeur seul, et non le dormeur ténébreux,
Dort de gaîté de cœur un somme aventureux.

De mon renoncement loin que je m'indispose,
Si je suis curieux, moi, c'est quand il s'impose.
Sur ce, si j'ai porté ton âme à se rasseoir,
Me permets-tu, lecteur, de te dire bonsoir.

LA NUIT.

LA NUIT.

Peut-on être à ce point courbé dans cette vie
Qu'on soit aveugle au ciel dont l'étoile convie ?
Mais son trait recueilli, réel épanchement,
Fait participer l'âme à tout le firmament.

Il faudrait donc nier l'étoile et nous qu'elle aime
Pour conclure en néant comme mot du problême,
Ce n'est pas pour subir le suprême déni
Que l'âme est conviée ainsi dans l'infini.
Eh ! qu'eût sauvé le Christ n'était l'âme immortelle !
N'est-elle pas dès lors sans bornes comme telle ?
Or, si le songe fixe une perception,
Tout est dit, la science en est l'extension,
Et je ne doute pas qu'en la cité mystique
Son droit de bourgeoisie un jour n'entre en pratique.
D'ici là, je le crains pour nous qui débutons,
Des poutres pousseront au bout des rejetons.
Que jamais pareil jour plein ne se réalise
S'il pouvait offusquer notre mère, l'Eglise :
La sagesse est en elle, et, ce qu'elle défend,
Il en faut détourner les yeux comme un enfant.
Prions donc le seigneur, dont elle tient l'empire,
De ne nous exaucer que d'autant qu'elle aspire.
Notre âme a trois états dont nul n'est absolu :
Veille, sommeil et songe, ainsi Dieu l'a voulu.

La plus vive pensée accuse un crépuscule ;
Le plus ténébreux somme a son temps qu'il calcule ;
Le songe peut-il être éclaireur continu ?
Non ; où serait l'attrait qu'on nomme l'inconnu ?
Ah ! craignons d'abolir par cette concurrence
Un beau songe éveillé qui s'appelle espérance !
Un seul songe en la vie eût-il fait clair d'en haut,
L'âme en est retrempée, il a dit ce qu'il faut.
N'aspirons donc pas plus que n'a dit Dieu, le père.
La science n'est pas sinon qu'elle tempère.

La discipline en tout est si bonne à garder,
Que l'art de songer même en semble procéder.
Ayons donc une règle et pour n'en plus démordre ;
Elle range en l'esprit toutes choses en ordre.
Si l'âme est à tous vents, se peut-elle chercher ?
Pour faire du cristal il faut être rocher.
L'âme est libre, il faut donc qu'elle soit régulière,
Pour de tous brisements préserver sa filière.
Méditez Esaü que la chasse abrutit ;
Ce n'est pas lui qu'un songe à propos avertit,

Mais Jacob, dont la vie et prudente et frugale
Nous représente mieux la règle monacale.
Que si vous l'en disiez moins valeureux, moins fort,
Au seul nom d'Israël je montre votre tort.
Car c'est la loi du ciel : ce qui se précipite
S'enterre : le salut se trouve dans l'orbite.
Sachez donc vous réduire et que vos mouvements
S'ajustent en tous points aux saints commandements.
Les dissipés, bien loin de cette symétrie
Des anciens, songent mal, vu que leur sens varie.
Ne songent rien qui vaille encore les valets,
Les commis, je dis ceux qui luisent de reflets.
Un laboureur n'est point un valet comme un autre,
Et n'est pas serviteur qui se révèle apôtre.
Donc, l'âme détachée et fière étant le but,
Vienne le songe alors avec son attribut.
S'il vient pour le salut, Dieu l'envoya sans doute,
Et je puis au devant lui déblayer la route.

L'amplitude de l'âme et le galbe inhérent
Sont si bien l'ordre humain comme Dieu le comprend,

Que de l'amour du beau sitôt que l'art se pique,
Il en ravit le type à la Grèce olympique.
Et tout concourt : voyez Thersite grimacer,
La beauté d'autant plus convie au beau penser ;
Or, si rien n'est qui n'aille accomplir cette somme,
Tout, même le sommeil, doit moraliser l'homme.

L'AUBE.

L'AUBE

M'estuet, c'est ainsi qu'un vieil auteur s'énonce,
Li blazon del songier instaurer glose absconse.
Le monde nous fait voir quatre éléments distincts
Qu'interrogent en songe aussi nos quatre instincts;

Savoir : la terre, l'air, l'eau, le feu ; cette sphère
Avec cela végète et se tire d'affaire.
Nos instincts sont ceux-ci : — de conservation,
Commun aux animaux ; — de domination ; —
De paix d'âme et du beau ; cela fait donc bien quatre
Qui, dans l'ordre susdit, vont chacun se rabattre.
La conservation veut l'élément natal ;
La domination veut l'élément brutal ;
La paix de l'âme veut l'élément pacifique ;
Et l'instinct du beau veut l'élément mirifique ;
Qui sont?. dites :—La terre, humainement parlant,
L'air qui tempête après avoir fait beau semblant,
L'eau dont le nonchaloir ne craint pas qu'on l'endigue
Et le feu ; du logis il est l'enfant prodigue.
La terre a dans son sein le germe succulent.
L'air nous ravit notre âme et la tient en balant.
L'eau tempère, et le feu nous choie et nous dilate.
Telle est l'œuvre où d'un Dieu la providence éclate.

Scrutons si nos instincts n'auraient pas leurs vertus.
Ils ne sont pas complets s'ils n'en sont revêtus.

La conservation tient justice et prudence;
La domination en force se condense.
L'espérance et la foi sont de placidité.
Le beau sert tempérance et régit charité.
Leurs excès ?—Conserver, quand cet instinct dévie,
Sous-régit l'avarice et puis, plus bas, l'envie.
Dominer , cet instinct, s'il n'est pas bien conduit,
Se heurte sur l'orgueil, et colère s'ensuit.
Du devoir accompli l'instinct de paix relève ;
Mais la paresse enlace, et, moins le fruit, c'est Ève.
Dieu fie au sens du beau la tempérance exprès :
Sa défaite est luxure et gourmandise après.
Tels sont les sept péchés dont l'âme humaine endure.

Quel est des éléments ou le vice ou l'ordure ?
La terre induit l'or ; l'air, le grélon désolant,
L'eau, les miasmes bleus et le trousse-galant ;
Le feu, le sirocco. Si l'homme y joint la guerre,
C'est qu'il a d'en finir un besoin peu vulgaire.

Le vice et la vertu partageant l'élément ,
Il leur doit créature et c'est leur truchement.

Dites, qu'ont de commun l'abeille et l'araignée?
Un grand bien,c'est que l'âme humaine est renseignée
On hait toute industrie où point le guet-apens.
L'araignée ombrageuse est le crime en suspens.
La chenille perverse, eh ! bien, se transfigure !
Mais je tombe à genoux devant pareil augure,
Et je ne hais plus tant le loup ni le vautour,
Sûr que dans un grand mot leur lettre aura son tour.

L'emblême étant ainsi casé dans la nature,
N'est-ce pas pour qu'un sens se le donne en lecture?
Mais le fait accompli bornant l'entendement,
Il faut qu'une autre vue ait quelque autre aliment:
C'est la donnée abstraite. Enrichissons donc l'âme,
Faisant lettre de tout. D'instinct elle réclame.
Faisons du songe un art, il sera moins risqué.
S'il paraît souvent faux, c'est qu'il est étriqué.

Qui pourrait rephraser l'hiéroglyphe antique,
Nous avancerait fort dans pareille pratique.
L'hiéroglyphe avait d'Adam le mot direct,
D'où le songe adéquat était toujours correct.

Les vieux songes d'Egypte en sont la preuve écrite ;
Sept vaches, sept épis, c'est réglé comme un rite.
　Mais qu'il me soit induit : transfiguration ;
La forme se dérobe à l'intuition :
Mettrai-je papillon, mettrai-je chrysalide ?
Cependant, ma donnée et se brouille et s'élide.
Hiéroglyphiant, j'eusse été prévenu,
Et la forme eût soudain revêtu l'extrait nu.
Chaque sens doit ses frais : l'avant-regard qui sonde,
Et le sous-intellect qui revêt et féconde.
L'un, léger de bagage, est l'abstracteur exquis,
L'autre est nourri du monde et n'en a que l'acquis.
　Essayons, ce sera pour entrer en pratique,
D'hiéroglyphier pour la maison rustique.
La terre, qui conserve, a prudence, ai-je dit,
Et justice, vertus proches sans contredit.
Quel est, des animaux, leur plus sensible organe ?
Le coq voit l'épervier, et prévient sa sultane ;
Du serpent criminel il est l'heureux vainqueur ;
Qu'il soit représentant, puisqu'il a si grand cœur,

L'air dominant détient la force ; mais nul être
N'a là-haut mis encore un muffle à la fenêtre :
L'air indigent incombe au sol en serviteur ;
Donc force entend labour, desquels bœuf est recteur.
Eau gouverne espérance et foi, deux sœurs jumelles.
Les poissons sous-régis ne vivent pas comme elles;
Sans forme de procès, il s'entr'avalent fort.
Mais le cygne navigue, et chante avant sa mort.
Le feu régit le beau qui vit de tempérance
Et qui meut charité.—Feu, beauté, délivrance,
Vous l'avez tous nommé, car il est sans rival,
Apollon à son char attelle le cheval.

Vices.—La terre a l'or ; l'avarice le couve,
Et l'envie héritière a des langueurs de louve.
Le chien conservateur, mais inhospitalier,
Qui jappe et qui s'acharne y donne à plein collier.
La terre affinant l'or, l'air affina la grêle.
C'est l'orgueil qui se rue et qui prend de querelle.
De quel être fantasque emprunte-t-il la peau?
Du bouc, mauvais en diable en tête du troupeau.

Condamnée à l'étang, l'onde voile sa scène
Et se prête aux écarts de la grenouille obscène,
La paresse en sa peau goûte la pamoison.
Ainsi soit-il ; hideur est bon contre-poison.
Feu donne sirocco ; ce vent qui nous altère
Nous souffle des ferveurs qui sentent la panthère :
Luxure et gourmandise ; assis près du foyer,
Quel démon les incarne ? Un chat sans sourciller.
     Et les choses, les faits, partant des créatures.
Mais pas de parti pris jusques aux conjonctures !
Déduis sans dévier, laisse là tout dicton
Et tu t'étonneras de voir sourdre Triton.
Exemples : contraignons l'espérance aquatique
De subir l'alambic de la mathématique.
Que donne-t-elle en tant qu'elle paie un tribut ?
Bonne nouvelle ; elle est comme la vue au but ;
Elle fait aller droit vers ce que l'on désire :
Cheval ; point de départ ? Cygne ; unité : navire.
Allegro. La prudence, apport ? salut. Déduit ?
Avis. Lieu ? nef. Le coq, le cygne, église suit.

Mixte. Prenons le bœuf et le bouc pour binome.

Bouc, orgueil et colère, on l'a vu, font sa somme ;

Bœuf, c'est force. Il soumet? guérèts le plus souvent :

Que la perception qui m'arrive en rêvant

Ait à me prémunir pour la guerre intestine ;

Quelle œuvre perd des deux à ce qu'on y piétine?...

Fins du bœuf, le trésor des seigles et des blés.

Synthèse?.. les gerbiers. Façon?.. mal assemblés.

    Item, traire se peut de l'accolée hybride.

Qui fait sillage ? nef. — La terre, qui la ride ? —

Araire, corne à val, train de bœuf, corne amont ;

Donc de force et de los la tierse nous semond :

Je de tout quoi synthèse abstracteur pronostique

Travail fructifiant, ce creuse-à-gain-rustique.

    Car l'art est là : soit nom l'attribut singulier !

    As-tu saisi l'échelle, ô songeur écolier ?

Grave l'hiéroglyphe et t'en fais une règle,

Et ton sens acquerra le prompt coup d'œil de l'aigle ;

Car songer, c'est vêtir un extrait vagabond ;

Mais il faut, comme on dit, prendre la balle au bond.

On a dit : valons-nous tant de magie en somme ?
Le brin, s'il n'est foulé, germera : tel est l'homme,
Il est fils de la terre. —Il y pèse en proscrit,
Son front démesuré coûte à Dieu Jésus-Christ.
Or ce conflit requiert, tout au rebours des nôtres,
De nous entreporter forts les uns pour les autres,
D'être humble, d'accepter nos croix à deux genoux,
Plus lourdes d'autant plus qu'un ciel compte sur nous.
Est-ce témérité qu'un art qui coordonne
Pour un sens dont l'apport est ce que Dieu lui donne ?
C'est enduire à l'antique et, suivant la tribu,
L'esprit deshérité qui jadis fut imbu.
La méthode, aussitôt que l'instrument se livre,
Est licite à chercher; or, le monde est ce livre,
Il y faut savoir lire. Epèles-tu, lecteur ?
L'aube est faite, et je suis ton humble serviteur.

FIN.

LE TABLEAU RADICAL.

Le coq. Justice, prudence.	Le chien. Avarice, envie.
Le bœuf. Force.	Le bouc. Orgueil, colère.
Le cygne. Foi, espérance.	La grenouille. Paresse.
Le cheval. Charité, tempérance.	Le chat. Luxure, gourmandise.

EPILOGUE.

Jardiner l'âme aux livraisons du ciel
De l'art nouvel autre n'est la culture ;
Or si le flux est providentiel
L'ordre expectant suit la loi de nature.

Méfiez-vous des livres cependant
Qui pourront naître à d'icelui la trace.
Dut-il en cuire, au soleil regardant,
Mieux vaut son dard que son reflet qui glace.

En chair, en os, même la vérité
Ne se commet sinon qu'on l'élabore.
Elle est nuée à qui n'a médité,
Et l'entremise est tout ce qu'elle abhorre.

PARIS. — IMP. DE MOQUET, 92, RUE DE LA HARPE.